Kurts Kurzgeschichten II

Ob in der Stadt, dem Dorf, zu Hause oder unterwegs. Überall begegnen wir Kurzgeschichten, die das Leben schreibt und die es sich lohnt, festzuhalten.

Das sind Kurts Kurzgeschichten.

Unterhaltsame Kurzgeschichten aus dem Leben. Für Jung und Alt und Groß und Klein zum Lesen und Vorlesen.

Inhalt

Hilferuf

Es war Sommer und ich saß in meinem Wohnzimmer. Die Balkontür sperrangelweit geöffnet.

Plötzlich hörte ich einen Hilferuf von draußen. Ein Hilferuf von einem Kind.

Ich horchte auf. Ob sich der Hilferuf wiederholen würde? Manchmal rufen Kinder nach Hilfe, wenn sie sich gegenseitig ärgern oder auf dem Gehweg Nachlaufen spielen.

Da! Jetzt hörte ich den Hilferuf erneut. Schnell stand ich auf, lief auf den Balkon und schaute nach unten.

„Hilfe!", hörte ich eine Kinderstimme, die eines Jungen, rufen. „Hilfe!"

Dann sah ich den Jungen. Er stand direkt bei mir am Nachbarhaus vor einem Kaugummiautomaten.

Gerade kamen Leute an ihm vorbei. Er schaute ihnen entgegen und rief erneut um Hilfe.

„Ich brauche 50 Cent", rief er und drehte an dem Knauf des Kaugummiautomaten. „Hilfe!"

Die Leute lachten und gingen ihres Weges.

Wieder schrie der kleine Junge um Hilfe.

Also darum geht es, dachte ich mir. Er will einen Kaugummi aus dem Automaten und hat kein Geld.

„Hilfe!", schrie der Junge erneut. „Zu Hilfe! Ich brauche Geld." Seine Stimme überschlug sich fast. „Wenn ich kein Geld bekomme, sterbe ich!"

Seine Stimme wirkte in der Tat sehr niedergeschlagen. Er würde bestimmt ein guter Schauspieler werden.

Doch niemand der Vorbeigehenden nahm den kleinen Jungen ernst.

Auch ich ging wieder zurück ins Wohnzimmer. Ich war zwar

erleichtert, dass nichts Ernsthaftes passiert war, regte mich aber innerlich doch darüber auf, dass der Junge weiterhin noch ein paarmal nach Hilfe rief. Zwischendurch konnte ich ihn sogar laut schluchzen hören.

Er war scheinbar ein Naturtalent in Sachen Theatralik.

Aber so langsam entspannte ich mich wieder. Ich saß auf meinem Sofa und überlegte kurz, ob ich hinuntergehen und ihm Geld für das Kaugummi geben sollte. Aber ich entschied mich dagegen. Vielleicht hatten seine Eltern ihm Kaugummi verboten und jetzt versuchte er, auf anderen Wegen daran zu kommen. Das konnte ich unmöglich unterstützen.

Ich bin schon öfter aufgestanden, wenn jemand auf der Straße auffällig gerufen hat und fragte mich, ob man einen Hilferuf denn überhaupt noch ernst nehmen kann.

Klar, entschied ich, man sollte immer nachschauen, ob wirklich Hilfe notwendig ist, wenn man einen Notruf hört. Vielleicht geht es ja um Leben und Tod.

Doch der Junge schien mir noch zu klein zu sein, als dass er verstehen würde, dass ein Hilferuf nur aus wirklich dringenden und wichtigen Gründen angebracht ist.

Die ganze Situation war sehr originell und ich grinste vor mich hin. Der Junge hatte seine Priorität scheinbar ganz klar gesetzt. Für ihn schien der Kaugummi in diesem Moment absolut überlebenswichtig und dringend zu sein.

Überraschung

Neulich war ich auf dem Kurfürstendamm unterwegs, lief an ein paar Ladengeschäften vorbei und bog dann rechts ab in Richtung U-Bahnhof.

Weg vom vollen Gehweg des Kurfürstendamms lief ich einen wesentlich ruhigeren Weg entlang, auf dem mir lediglich ein junges Paar entgegenkam.

Als das Paar sich relativ nah befand, sah ich, wie der junge Mann sein Handy hochnahm und es vor seinen Mund hielt. „Okay, Google, wo ist der nächste Bäcker?", hörte ich ihn fragen.

Da ich gerade an den Ladengeschäften vorbeigegangen und beim Bäcker rechts abgebogen war, antwortete ich spontan: „Gleich links um die Ecke."

Die junge Frau schaute genauso irritiert auf das Handy des jungen Mannes, wie auch er selbst.

Ich musste lachen. Da hatte ich jetzt wohl eine ziemliche Verwirrung ausgelöst.

Aber als die Frau mich sah und verstanden hatte, dass ich die Antwort gegeben hatte, machte sie den jungen Mann darauf aufmerksam und beide lachten laut auf.

„Danke!", riefen sie mir vergnügt zu und gingen fröhlich weiter.

Kommunikation kann so leicht sein, stellte ich fest. Und manchmal geht es ohne Technik sogar schneller.

Schulfreunde

Als ich kürzlich in der U-Bahn saß, sah ich zwei Schüler, von denen einer ein Geschenk in der Hand trug.

„Hat jemand Geburtstag?", hörte ich seinen Freund fragen, der neben ihm stand.

„Nein!", antwortete der andere kurz und knapp.

„Und für wen und wofür ist das Geschenk?", erkundigte sich der andere junge Mann erstaunt.

„Für eine Lehrerin", bekam er zur Antwort.

Ich wurde aufmerksam und war gerührt. Das fand ich wirklich sehr nett, dass ein Schüler seiner Lehrerin ein Geschenk machen wollte. Sie war sicherlich eine engagierte und gute Lehrerin.

„Also doch Geburtstag?", hörte ich die nächste Frage.

„Nein!", wurde ihm geantwortet. „Ich will nur nächstes Jahr ein gutes Zeugnis bekommen. Da muss man schon ein bisschen was investieren."

Meine Gedankenblase platzte und meine Rührung war dahin.

So schnell kann man wieder in der Realität ankommen. Dabei wäre es ohne diesen eigennützigen Hintergedanken eine so schöne Geste gewesen.

Aber ich tröstete mich mit der Idee, dass der Schüler sich vielleicht einfach nicht traute, seinem Freund zu sagen, dass er seine Lehrerin toll findet. Dieser Gedanke gefiel mir viel besser. Und wer weiß, vielleicht steckt ja ein bisschen Wahrheit darin.

Musik auf dem Bahnsteig

Ich stand auf dem U-Bahnhof und hörte die fröhlichen Klänge einer Klarinette.

Ein junger Mann stand nicht weit entfernt von mir und blies in sein Instrument, um sich ein paar Euro zu verdienen.

Leider gibt es zwischenzeitlich sehr viele Menschen, die sich bemühen, auf den Bahnhöfen, in der U-Bahn oder auf den Straßen mit Gesang, mit Musikinstrumenten, Gedichten, Lebensgeschichten oder mit Betteln ein paar Euro zu bekommen, so dass der Becher des jungen Mannes noch relativ leer war.

Viele Menschen hören nur noch desinteressiert zu oder gehen gelangweilt weiter. Mir ging es, ehrlich gesagt, auch so. Wieder einer, ging es mir durch den Kopf.

Dann hörte ich ein Stück weiter weg krakeelende Laute mehrerer Männer.

Ich schaute mich um.

Ein paar Obdachlose hatten sich auf einer Wartebank niedergelassen, tranken Alkohol und unterhielten sich laut. Die Männer waren schon ziemlich angetrunken, konnte ich erkennen, als einer von ihnen aufstand und in meine Richtung torkelte.

Ich wich ein paar Schritte zurück und beobachtete, wie der wankende Obdachlose auf den Musikanten zuging.

Jetzt gibt es Ärger, dachte ich mir und hielt Ausschau nach einer Notrufsäule.

Der Obdachlose sagte ein paar unverständliche Worte zu dem Musikanten und gestikulierte hierbei auffallend herum. Und dann, das überraschte mich sehr, warf er ein paar Cent in den Becher des Musikers. Danach blieb der Obdachlose einfach nur vor dem jungen Mann stehen und freute sich über die fröhliche Musik. Ich konnte sehen, wie er ganz ruhig wurde. Es machte den Eindruck, dass der Obdachlose vor sich hinträumte, während er der Musik lauschte.

Dann schwankte er plötzlich kurz, fing sich aber schnell wieder, drehte sich um und ging zurück zu der Bank, auf der die anderen Obdachlosen saßen.

Dieses Erlebnis ging mir noch lange durch den Kopf. Wer weiß, was die Musik in dem Obdachlosen ausgelöst hat. Vielleicht hat er selbst einmal ein Instrument gespielt. Vielleicht hat ihn die fröhliche Musik auch an ein Leben erinnert, das für ihn viel angenehmer und schöner gewesen war, als sein jetziges Leben.

Ich weiß es nicht und ich werde es wohl nie erfahren.

Aber ich versuche seitdem, mehr Verständnis für Obdachlose aufzubringen. Jeder hat seine Geschichte im Leben und nicht jede verläuft gut. Ich stellte fest, dass

Musik in Menschen nicht nur Erinnerungen auslösen kann, sondern sie scheinbar auch etwas näher zusammenbringt. Auch wenn sie noch so unterschiedliche Leben führen.

Starkregen

Neulich regnete es. Und wie! Sturzbäche fielen vom Himmel - die Welt schien unterzugehen.

Es war kaum noch möglich, trockenen Fußes draußen unterwegs zu sein.

Und doch musste ich raus. Ich stürmte im Laufschritt zur U-Bahn, um möglichst nicht zu durchnässt zu meiner Verabredung zu kommen.

Endlich hatte ich es geschafft! Schnell lief ich die Treppen zur U-Bahn hinunter und war in Sicherheit.

Als die U-Bahn in den Bahnhof einfuhr, stieg ich in die Bahn ein und schaute mich um.

Mein Blick blieb bei einem Vater hängen, der an der gegenüberliegenden U-Bahntür stand. Er hatte seinen kleinen Sohn dabei. Und dieses Vater-Sohn-Gespann erstaunte mich doch sehr.

Auch die beiden schienen kurz zuvor noch im Regen unterwegs gewesen zu sein.

Jedenfalls tropfte die Kleidung des Vaters noch ebenso stark wie die des Sohnes, obwohl der Vater einen großen Regenschirm in der Hand hielt. Fürsorglich hatte der Vater seinem Sohn allerdings eine große Mülltüte „angezogen". Er hatte zwei Löcher für die Beine und zwei Löcher für die Arme in diese Tüte geschnitten. Als Abschluss am Hals hatte er die gelben Tragebänder der Tüte zu einer Schleife zusammengebunden. Rote Gummistiefel rundeten das originelle Outfit sehenswert ab.

So richtig glücklich sah der Junge in seinem sehr individuellen Outfit aber nicht aus. Jedenfalls blicke er irritiert in sein Spiegelbild, das er in den Scheiben der Tür sehen konnte.

Sehr ungewöhnlich, schoss es mir durch den Kopf und lachte. Jedenfalls hat der Vater seinen Sohn dadurch ein bisschen vor dem Durchnässen bewahren können. Und damit vielleicht vor einer Erkältung. Tja, und das Ökosiegel, das auf der Tüte aufgedruckt war, unterstrich doch nur, dass der Vater um die Gesundheit seines Sohnes besorgt war.

Dürfte ich Preise für das originellste Outfit des Tages vergeben, hätte der kleine Junge diesen Preis erhalten.

Und ich bin sicher, seine Mutter wäre stolz auf den Vater. So kreative und gleichzeitig fürsorgliche Väter gibt es sicher nicht wie Sand am Meer.

Urlaubsplanung

Wie viele Menschen freue auch ich mich auf den jährlichen Urlaub, den wir in diesem Jahr in Spanien verbringen wollten. Urlaub ist einfach notwendig, um sich vom alltäglichen Stress zu erholen und zu entspannen.

Voll Vorfreude machte ich mich also mittels Internet auf die Suche nach einer geeigneten Unterkunft.

Ein Ferienhaus für zwei Erwachsene und zwei Jugendliche. Ausreichend Platz, ruhige Lage, nah am Strand, aber nicht zu weit abgelegen, falls man am Abend noch ein wenig unter Leute kommen wollte. Tja, und zu teuer durfte es natürlich auch nicht sein.

Ich stöberte also stundenlang im Internet. Anfangs über verschiedene Objekte begeistert, fand ich jedoch immer wieder einen Haken am ausgesuchten Ziel, der mich dazu bewog, die Buchung doch nicht vorzunehmen.

Mir gingen Lust und Laune auf einen Urlaub langsam schon verloren, als ich endlich auf eine Internetseite stieß, die schöne, bezahlbare und für uns geeignete Objekte anbot.

Mein Herz klopfte. Endlich war ich dem Ziel einen großen Schritt nähergekommen!

Ich suchte mir das schönste Ferienhaus aus, gab die gewünschten Buchungsdaten ein und drückte die ENTER-Taste auf meiner Tastatur.

Es dauerte keine Minute und ich erhielt die Rückmeldung „Das Objekt ist reserviert".

Ich war erschüttert. So ein Mist. Ich war zu spät gewesen. Aber klar, es war ja Ferienzeit.

Zum Glück hatte ich noch andere in Frage kommende Ferienhäuser und Wohnungen im Speicher, so dass ich das nächste Objekt auswählte, die

Buchungsdaten erneut eingab und wieder ENTER drückte.

Auch hier kam nach kurzer Zeit wieder die Meldung: „Das Objekt ist reserviert".

Oh nein! Das durfte doch nicht wahr sein. Mir war klar, dass es in der Zeit der Schulferien schwierig sein würde, ein gutes und günstiges Objekt zu finden, aber dass es so schwer werden würde, damit hatte ich nicht gerechnet.

Ich wiederholte die Prozedur also mit dem dritten ausgewählten Objekt und auch hier erhielt ich in Kürze wieder die Rückantwort: „Das Objekt ist reserviert".

Aufgeben kam nicht in Frage!

Insgesamt zog ich die Buchungsprozedur für insgesamt sechs Objekte durch und verzweifelte mehr und mehr. Ich hatte einfach kein Glück. Alle Objekte waren reserviert.

Dann klingelte mein Telefon.

Ich nahm ab und war erstaunt, als die Frau, die sich meldete, sich mit dem Namen des Internetanbieters meldete.

„Ja, bitte?", fragte ich sie.

„Sie haben soeben sechs Ferienhäuser in unterschiedlichen Orten für die gleiche Zeit reserviert. Ist das richtig so?", fragte mich die nette Frau.

Mir brach der Schweiß aus.

Die Rückmeldungen bedeuteten also nicht, dass bereits jemand anderes reserviert hatte, sondern dass ICH reserviert hatte.

Ich musste mich erstmal setzen.

„Das ist eine Anzahlung von circa 3.500 Euro", hörte ich die Frau sagen.

Jetzt wurde mir schlecht.

Ich stammelte in den Hörer, dass ich die Rückmeldungen falsch gedeutet hatte und eigentlich nur ein Ferienhaus benötige.

Die Frau am Telefon lachte. „Da haben Sie ja Glück, dass ich die Bearbeitung alleine mache", sagte sie. „Wenn unterschiedliche Kollegen die Reservierungen bearbeitet hätten, wäre es jetzt sehr teuer für Sie geworden."

Der Schweiß lief jetzt in Strömen an meinem Körper herab.

„Ich kann die fünf Ferienhäuser, die Sie nicht benötigen aber wieder stornieren", sagte sie freundlich. „Normalerweise rufen wir Kunden, die über das Internet buchen nicht an, aber in Ihrem Fall kam mir die Menge der Buchungen doch sehr merkwürdig vor."

Die Frau nahm die Stornierungen vor und meine Dankbarkeit war grenzenlos. Ich war endlos erleichtert, dass die nette Anruferin alles wieder in Ordnung gebracht hat.

Nach der ganzen Aufregung kam ich jetzt langsam wieder zur Ruhe. Und jetzt wusste ich es ganz sicher: Den Urlaub in diesem Jahr hatte ich wirklich sehr nötig.

Aber es dauerte trotzdem doch noch eine ganze Weile, bis ich mich völlig entspannt auf die schönste Zeit im Jahr freuen konnte.

(Vielen Dank an dieser Stelle nochmal an die nette Frau, die mich angerufen und mein Missgeschick wieder zurechtgebogen hat!)

Rom

Was für eine quirlige Stadt! Menschen, Mopeds, Autos und Busse jagen durch die Straßen und die Sonne brennt heiß.

Selbst am Abend und in der Nacht scheint diese Stadt nicht zur Ruhe zu kommen.

Gefesselt von dem sprudelnden Leben und den vielen großen und kleinen Sehenswürdigkeiten ließen wir uns ein paar Tage durch Rom treiben und genossen die schöne und aufregende Zeit in Italiens Hauptstadt.

An einem späten Nachmittag waren wir auf dem Weg zu einer kleinen Kapelle in der Innenstadt, die sehr schön sein sollte.

Angefüllt mit all den tollen Erlebnissen durch die bereits in Rom verbrachten Tage, freute ich mich auf einen Ort der Ruhe und Entspannung.

Als wir die kleine Kapelle betraten, umschloss uns sofort eine unglaubliche Ruhe. Den Straßenlärm, der noch vor wenigen Minuten um uns herum tobte, nahmen wir kaum noch wahr und die wenigen Menschen, die sich in der Kapelle befanden, schwiegen andächtig oder unterhielten sich sehr leise. Die Anstrengung der vielen gelaufenen Kilometer, die belastenden Abgase und all den Stadttrubel konnten wir mit einem Augenblick vergessen.

Die vielen Kerzen der großen und kleinen Altäre strahlten einfach eine enorme Wärme und Behaglichkeit aus, die einem ein gutes, wohliges Gefühl gaben.

Ich war ergriffen und steuerte auf einen Altar zu, den ich besonders schön fand. Hier standen viele brennende Kerzen vor einer Marienfigur und das Licht flackerte gemütlich vor sich her.

Sofort kramte ich nach meiner Geldbörse, suchte ein paar Geldstücke heraus und warf diese in die dafür vorgesehene Box.

Dann nahm ich eine Kerze, zündete sie an einer anderen Kerze an und steckte sie in eine dafür vorgesehene Halterung.

Andächtig schaute ich mir danach die Marienfigur an und formulierte still ein paar Wünsche an sie, die mir auf dem Herzen lagen. Mir war so, als hätte ich schon lange auf diesen Moment gewartet und jetzt war er endlich da. Ich genoss diesen Augenblick sehr und betrachtete abwechselnd die Flamme der von mir angezündeten Kerze und die Marienfigur.

Schlagartig wurde ich plötzlich aus meinen tiefen Gedanken herausgerissen. Irgend etwas hatte mich aufschrecken lassen. Ich schaute mich um. Dann nahm ich einen Mönch wahr, der schnellen Schrittes durch die Kapelle ging und auf den Altar zukam, vor dem ich gerade stand.

Erstaunt musste ich mit ansehen, wie er schnell alle Kerzen auf dem Altar ausblies und verkündete, dass jetzt Mittagspause sei.

Ich war erschüttert. Vor kurzem war ich regelrecht noch in einer Art Trance und jetzt hatte mich die Realität brutal überwältigt.

Mittagspause, wie banal das klang in Anbetracht meiner tiefen Rührung.

Doch ich konnte es nicht ändern. Wir wurden freundlich aber bestimmt aus der Kapelle gebeten und befanden uns schon kurze Zeit später wieder mitten im Gewühle der römischen Straßen.

Schnell hatten wir uns wieder an den Trubel um uns herum gewöhnt und nach einer ganzen Weile konnte ich dem Mönch verzeihen, dass er meine Wunschkerze so gnadenlos ausgeblasen hatte.

Schließlich hält Essen und Trinken Körper und Seele im Einklang. Und vermutlich hat er sich gerade einen vollen Teller und ein volles Glas gewünscht.

Das konnte ich verstehen und vielleicht kam mein Verständnis nur daher, dass ich gerade das gleiche Bedürfnis nach essen und trinken verspürte.

Aber eins war mir jetzt auch klar: Ich wünsche mir zukünftig etwas ohne Kerze. Das geht ja auch und vor allem zu jeder Zeit und ohne unliebsame Unterbrechung!

Kleiner Tiger

Es war heiß in Berlin und ich beschloss, einen Teil meines Nachhauseweges nach getaner Arbeit durch den Park zu gehen, um den schönen Sommer genießen zu können.

Als ich so durch die Sonne spazierte, kam ich schnell ins Schwitzen. Der Wetterbericht hatte für heute über 30 Grad angesagt und dies schien absolut zuzutreffen.

Zum Glück hatte ich keine Jacke mit ins Büro genommen. Die müsste ich jetzt tragen und darauf hatte ich gar keine Lust.

Kurz bevor ich auf den Hauptweg des Parks einbog, kam ich an einem Spielplatz vorbei, auf dem ein ziemlicher Hochbetrieb herrschte.

Kein Wunder, bei dem schönen Wetter.

Viele Kinder liefen in kurzen Hosen und im T-Shirt herum und genossen das schöne Wetter.

Dann fiel mir ein Kind auf, das irgendwie aus der Rolle fiel.

Ein kleiner Junge trug ein Tigerfellkostüm auf dem Leib.

Ich war erstaunt. Mindestens 30 Grad und die Sonne schien und das Kind trug ein Fellkostüm. Der Schweiß lief ihm über das kleine Gesicht und das Kind sah nicht besonders glücklich aus.

Das ist Berlin, dachte ich mir. Aber dann konnte ich mir auch lebhaft vorstellen, wie die Mutter ihr Kind davon überzeugen wollte, dass es lieber in kurzer Hose und im T-Shirt nach draußen gehen solle. Diese Bemühungen waren aber augenscheinlich vergebens gewesen.

Ich ging weiter und fand die Situation sehr skurril. Sicher würde das Kind beim nächsten Mal eher auf die Ratschläge seiner Mutter hören. Jetzt trug es nicht nur das Tigerfellkostüm, sondern auch die dazugehörigen Konsequenzen. Und das war bei diesem strahlenden Sonnenschein sicherlich kein Spaß.

Im Schwimmbad

Wenn man mehr oder weniger regelmäßig schwimmen gehen möchte, fängt man an, sich Zeiten auszusuchen, in denen die gewünschte Schwimmhalle nicht zu voll ist. Irgendwann hat man alle Öffnungszeiten der unterschiedlichen Stadtbäder durch und stellt fest, dass andere Menschen auch auf der Suche nach der optimalen Schwimmzeit sind. Entsprechend sind gerade abends die Hallenbäder voll mit Menschen. Ich beschloss also, mir eine andere Zeit zum Schwimmen gehen herauszusuchen.

Beim Durchforsten der Angebote via Internet fällt einem irgendwann auf, dass man fast alle möglichen Termine bereits ausprobiert hat. Zieht man nämlich die Schließzeiten und die Zeiten mit den gesperrten Bahnen sowie die eigene Arbeitszeit ab, bleiben nur noch wenige Schwimmbäder zur Auswahl.

Überrascht fand ich aber eine Möglichkeit, früh am Morgen schwimmen zu gehen. Früh am Morgen? Das klang selbst für mich als Frühaufsteher ziemlich brutal. Aber eine Bekannte hatte mal zu mir gesagt, dass sie früh am Morgen schwimmen gehen würde und sich danach fühle, als könne sie Bäume ausreißen.

Das klang verlockend. Also beschloss ich, es mit dem Schwimmen mal an einem Frühtermin zu versuchen. Eigentlich sollte um 07:00 Uhr morgens doch auch nicht so viel los sein.

Ich stehe also ein paar Tage später um kurz nach 07:00 Uhr am Beckenrand. Und ich bin schockiert. Das Becken ist bereits sehr gut besucht. Schwärme von Rentnerinnen und Rentnern bewegen sich in gleichmäßigen Zügen durchs Wasser. Ein grauer Schopf folgt dem nächsten. Es sieht fast so aus, als würden große Pollenflocken an der Wasseroberfläche treiben.

Nun gut, jetzt war ich schon da. Da konnte ich auch ins Wasser springen und losschwimmen.

Ich ziehe meine Bahnen, bis ich nicht mehr kann und gehe danach zum Duschen.

Ich fühle mich fit und gestärkt. Meine Bekannte scheint recht zu haben. Schwimmen am Morgen lässt einen Bäume ausreißen. Meine Begeisterung steigt.

Als ich 45 Minuten später im Büro ankomme, kämpfe ich aber leider bereits gegen die Erschöpfung an. Ich bin jetzt müde und möchte mich am liebsten zu Hause ins Bett legen.

Aber es nutzt nichts. Ich kämpfe mich tapfer durch den Tag und falle am Abend hundemüde in mein Bett.

Ich werde wohl nicht mehr so früh aufstehen, um schwimmen zu gehen. Außer, dass ich den ganzen Tag über müde war, muss ich zugeben, dass mich so manche Rentnerin, mancher

Rentner, beim Schwimmen überholt hat. Das war ganz schön frustrierend.

Nicht, dass ich abends schneller schwimmen könnte, aber da scheint mir die Geschwindigkeit der Konkurrenz nicht so viel auszumachen. Schließlich kann ich meine Geschwindigkeit (oder besser gesagt: meine Langsamkeit) auf die Erschöpfung durch den langen Arbeitstag schieben. Und das kann ich morgens um 07:00 Uhr leider nicht. Schade eigentlich!

Diebstahl

Wir alle lassen ihn durch. Während wir im Supermarkt geduldig in der Kassenschlange stehen, drängelt sich ein junger Mann mit Handy am Ohr an uns vorbei. Sein Gespräch klingt nach einem Notfall. Auch ich springe zur Seite, als ich die Worte „Komme sofort!" und „Ich beeile mich!" höre.

Durch niemanden an der Kasse wird er aufgehalten.

Nur die Sicherheitsschranke lässt sich nicht täuschen. Als der junge Mann durch die Schranke eilt, geht der Diebstahlalarm los.

Verdutzt schauen wir dem jungen Mann hinterher, der nun losrennt.

Die Kassiererin blickt ihm auch hinterher und ruft: „Diebstahl! Diebstahl!"

So wie sie es ruft, klingt es sehr gequält. Sie scheint sich nur an ihre

Arbeitsanweisung zu halten. Mit der Energie, mit der sie ruft, hätte sie auch „Gemüse! Gemüse!" rufen können. Das hätte keinen großen Unterschied gemacht.

Aber das gelangweilte Rufen der Kassiererin änderte nichts. Der junge Mann war weg – und die gestohlene Ware auch. Und wir standen noch immer geduldig in der Schlange, um unsere Waren bezahlen zu können.

Raus aus dem Supermarkt kamen wir dann auch. Später als der junge Mann, aber wenigstens als ehrliche Menschen.

An der Bushaltestelle

Ein Freund wollte mich an einer ziemlichen befahrenen Straße in der Innenstadt mit dem Auto an einer Bushaltestelle abholen.

Es war Januar, schon ziemlich spät und damit dunkel und außerdem kalt. Und es nieselte. Nicht gerade das beste Wetter, um draußen zu stehen und auf jemanden zu warten.

Als ich zur verabredeten Bushaltestelle kam, sah ich dort sehr viele Leute stehen.

Ich beschloss also, ein paar Schritte von der Bushaltestelle weg zu gehen und dort zu warten, damit mich mein Freund besser sehen konnte, wenn er mit dem Auto vorfahren würde. An einer ganze Menge Leute ging ich vorbei. Unter anderem auch an zwei Jungen, die etwas verstört wirkten. Ihre Kleidung entsprach auch nicht unbedingt der Jahreszeit. Sie waren meines Erachtens nach zu dünn angezogen.

Aber ich wunderte mich nur und stellte mich nicht weit weg von den beiden auch an den Straßenrand und wartete.

Dann fiel mir ein Auto in Richtung Bushaltestelle auf, in dessen Nähe die beiden Jungen standen. Der Warnblinker war eingeschaltet und ich konnte eine Frau und einen Mann erkennen. Durch die brennende Innenbeleuchtung war zu sehen, dass sich beide wild gestikulierend auseinandersetzten.

Es war viel Verkehr und alle Autos mussten links an diesem Wagen vorbeifahren. Der Autoverkehr wurde durch sie stark behindert. Wie kann man auf dieser befahrenen Straße anhalten, um zu diskutieren, fragte ich mich.

Nach fast 15 Minuten ging die Beifahrertür des Autos auf und eine Frau stieg aus. Schnurstracks ging sie Richtung U-Bahnhof. Im gleichen Moment stürmten die beiden Jungen auf das Auto zu und stiegen ein. Die beiden sahen zwischenzeitlich sehr durchgefroren aus.

Jetzt wurde mir klar, dass die Jungen die ganze Zeit im kalten Nieselregen gestanden und darauf gewartet hatten, in das Auto einsteigen zu dürfen.

Sie taten mir leid und ich wurde wütend auf die Frau und den Mann, die sich gestritten hatten. Die Streitenden hätten ja selbst aussteigen können, um draußen ihren Zwist auszutragen. Sie hätten in ihrer Hitzköpfigkeit sicher noch nicht einmal gemerkt, dass es kalt war. Nun waren aber die Jungs zu den Leidtragenden geworden. Nicht nur, dass sie sich den Streit ansehen mussten, sie mussten auch noch auf dem nasskalten Gehweg warten.

Sie nehmen sich sicher vor, ihren Kindern nicht irgendwann einmal das gleiche anzutun. Diese trostlose Wartezeit werden sie wohl nie vergessen.

Verwegene alte Dame

Witzig, so verwegen sah die alte Dame gar nicht aus.

Sie saß auf dem S-Bahnsteig gegenüber von mir auf einer Bank und wartete auf den Zug.

Da es sehr warm war, trug sie diese für alte Damen sehr typische beigefarbene Stoffhose, die etwas zu kurz zu sein schien. Offene Sandalen und eine Bluse in gedeckten Farben rundeten das Bild ab. Schmuck trug sie auch. Viel Schmuck. An den Fingern, den Ohren und um den Hals. Natürlich auch eine Armbanduhr – auch in Gold.

Gekrönt war ihr Haupt mit einer weißgrauen, frisch ondulierten Dauerwelle.

Nein, verwegen sah sie nicht aus. Aber ein Detail brach dann doch den sehr biederen Eindruck: Die Dame hielt eine große Papiertasche in der Hand, die viel mehr vermuten ließ.

Schwarze Grundfarbe bedruckt mit ganz vielen Lippenstiften in grell leuchtenden Farben. Und in der Mitte der Lippenstifte stand in großen Buchstaben der Text: „LICENCE TO KISS!" Die Tasche war schon von Weitem gut zu erkennen.

Ich stutzte. War diese Papiertasche ein Erkennungszeichen? Eine geheime Botschaft an einen oder vielleicht sogar mehrere Liebhaber? Eine Aufforderung zu mehr?

Ich werde es nie erfahren. Mein Zug fuhr ein und ich musste den Bahnhof verlassen. Schade eigentlich. Wer weiß, was an diesem Nachmittag auf dem Bahnsteig noch so alles passiert ist. Stille Wasser sind ja bekanntlich tief.

Im Zoo

Ich war im Zoo. Umgeben von älteren Menschen und jungen Familien mit Kindern, flanierte ich von einem Gehege zum nächsten und schaute mir die Tiere in Ruhe an.

Leider war das mit der Ruhe nicht so leicht. Immer wieder wurden meine Blicke von Besuchern abgelenkt, die durch ihre Lautstärke auffielen. Vor allem von Familien mit sehr kleinen Kindern.

„Schau mal dort!", sagte eine Mutter und zeigte mit ihrem Finger in das Gehege auf ein schlafendes Tier. Der Blick des Kindes folgte dem Finger.

„Und da! Noch eins!", ließ sich der Vater vernehmen und zeigte prompt in die andere Richtung.

Das Kind, das das erste Tier in seinem Gehege noch nicht einmal entdeckt hatte, änderte spontan die Blickrichtung. „Jetzt bewegt es sich!", rief die aufgeregte Mutter und deutete wieder auf das Tier, das sie zuerst entdeckt hatte. „Guck mal hierher!", sagte die Mutter zu dem Kind.

Wieder änderte das Kind die Blickrichtung.

„Es kommt genau auf uns zu!", rief plötzlich der Vater und suchte nach seiner Kamera.

„Dreh dich mal um zu mir!", erhielt das Kind den Befehl von seinem Vater und die Mutter, eben noch begeistert von dem Tier, das sie entdeckt hatte, drehte ihr Kind abrupt in die Richtung des Vaters.

Verdutzt blickte das Kind nun in die Kamera des Vaters. „Lächle mal!", rief dieser seinem Kind zu.

Das Tier, das mit auf dem Foto festgehalten werden sollte, bewegte sich von rechts nach links, so dass das Kind von seiner Mutter hin- und hergeschoben wurde. „Mehr rechts!", hörte man den Vater sagen. „Jetzt mehr nach links", ertönte der nächste Befehl.

Endlich machte es ein paar Mal „klick" und die Szene war für die Ewigkeit festgehalten worden.

Schon fasste die Mutter das Kind an der Hand und ging, gefolgt von dem Vater, weiter zum nächsten Gehege. Dort ging das ganze Procedere wieder von vorne los.

Ich blieb in der Nähe, um mir dieses Schauspiel weiter anzusehen.

Am Schluss hatte ich den Eindruck, dass das Kind kein Tier richtig gesehen hatte. Erst recht hatte es keine Gelegenheit gehabt, sich mal ein Gehege ansehen zu können. Ständig wurde es hin- und hergeschoben, sollte mal hier- und mal dorthin gucken.

Aber vielleicht geht es ja gar nicht darum, dass sich ein Kind in Ruhe etwas ansieht, dachte ich mir.

Es geht vielleicht nur um die Fotos! Das Kind mit diesem Tier und das Kind mit jenem Tier. Solche Fotos werden ja immer gerne herumgezeigt. Sie unterstreichen den extra für das Kind unternommenen Ausflug.

Tröstend, dass die Fotos existieren. Wenigstens hierauf kann das Kind sich die Tiere, und zumindest einen Teil der Unterbringung, irgendwann einmal in Ruhe ansehen.

Verwirrung in der U-Bahn

Ich saß in der U-Bahn Richtung Rathaus Spandau.

Als ich eine Station hinter mir hatte, hörte ich eine Ansage mitteilen, dass dieser Zug wegen Bauarbeiten am Bahnhof Eisenacher Straße ohne Halt durchfahren würde. Man wurde gebeten, an der Station Kleistpark auszusteigen und in Richtung Rathaus Spandau zurückzufahren, um dann an der Station Eisenacher Straße auszusteigen.

Die Ansage erfolgte in deutscher und englischer Sprache. Sehr kundenfreundlich, ging es mir durch den Kopf.

Als ich aus dem U-Bahnwagen sah, stellte ich fest, dass ich mich gerade an der Station Kleistpark befand. Die nächste Station war also Eisenacher Straße. Laut der Ansage müsste ich jetzt hier aussteigen und zurückfahren, um zum U-Bahnhof Eisenacher Straße zu kommen. Aber würde ich jetzt eine Station zurückfahren, wäre ich erstmal wieder an meiner Anfangsstation.

Ich müsste aber auch am selben Bahnsteig wieder in die gleiche Richtung, in der ich jetzt saß – Richtung Rathaus Spandau – einsteigen, um zum U-Bahnhof Eisenacher Straße zu kommen.

Was für einen Sinn machte das Aussteigen dann überhaupt? Diese Ansage war sehr verwirrend.

Dann folgte die nächste Ansage: U-Bahnhof Bayerischer Platz.

Das passte auch nicht, da der Zug gerade im U-Bahnhof Eisenacher Straße stand. Also in dem Bahnhof, in dem der Zug gar nicht halten sollte.

Kurz darauf folgte die nächste, wiederholte, Ansage. Der Zug fahre in der Station Eisenacher Straße, in der wir ja gerade standen, durch und man möge am U-Bahnhof Kleistpark aussteigen und eine Station wieder zurückfahren.

Wieder in zwei Sprachen.

Toll, dachte ich mir, wenn jemand sich auf die Ansagen verlässt, ist er rettungslos verloren.

Glücklicherweise kenne ich die Strecke und weiß, wie ich fahren muss. Und mir war auch klar, dass die Ansage für die entgegengesetzte Fahrtrichtung gedacht war. Aber für die Touristen tut es mir leid. Mit den verwirrenden Ansagen nutzt es auch nichts, wenn sie auf Deutsch und auf Englisch gesprochen werden. Bei so einem Durcheinander kommt kein Tourist an seinem Ziel an.

Im Supermarkt

Die langen Öffnungszeiten in vielen Supermärkten können ein Segen für uns Verbraucher sein.

Als ich an einem Abend gegen 21:30 Uhr zu Hause feststellte, dass ich keine Tomaten und keinen Mozzarella für den nächsten Morgen hatte, brach mir der Schweiß aus.

Schließlich hatte ich versprochen, am nächsten Tag einen Tomaten-Mozzarella-Salat mit ins Büro zu bringen.

Ich schaute auf die Küchenuhr. Was für ein Glück. Mein Supermarkt hatte noch geöffnet.

Schnell schlüpfte ich in meine Jacke und machte mich auf den Weg in Richtung Supermarkt.

Das Geschäft war für diese Uhrzeit noch relativ voll und eine lange Schlange stand bereits an der Kasse an.

Ich ging gezielt zum Gemüsestand, packte Tomaten in meinen Warenkorb und aus dem Kühlschrank holte ich ausreichend Mozzarella.

Dann machte ich mich auf den Weg zur Kasse und stellte mich an der Warteschlange an.

Die meisten Käuferinnen und Käufer trugen Alkohol und Knabberkram-tüten in den Händen. Sie waren sicher auf dem Weg zu Freunden oder wollten sich einfach noch ein Feierabendbier gönnen. In der ganzen Reihe war ich wohl der einzige Mensch mit Lebensmittel in den Händen.

Der junge Mann an der Kasse, so hektisch wie er nach den Scancodes der Ware suchte war er sicher ein Aushilfsstudent, versuchte, die Warteschlange so klein wie möglich zu halten und kassierte so schnell es ging das Geld von den Kunden ab.

Endlich kam ich an die Reihe.

Als ich die Tomaten und den Mozzarella auf das Kassenband legte, blickte mich der junge Mann erstaunt an. „So etwas gibt es hier auch?", fragte er mich und schaute mich mit großen Augen an.

„Ja", antwortete ich und musste lachen. „Ist ja schließlich ein Lebensmittelladen."

Der Student schien verwirrt, dann nickte er langsam und kassierte den Betrag, den ich zu zahlen hatte, von mir ab.

Kurz darauf verließ ich den Laden und grinste vor mich hin. Mein Einkauf schien dem jungen Mann die vielfältigen Einkaufsmöglichkeiten eines Supermarktes nahegebracht zu haben. Da hatte sich mein später Einkauf am Abend doch doppelt gelohnt.

Die Rolltreppe

Als ich am Ende des U-Bahnausgangs ankam, stellte ich mich auf die dort eingebaute Rolltreppe, um nach oben zu fahren.

Einige Stufen weiter stand bereits eine junge Frau in hochhackigen Schuhen, langem Rock und einem kurzen Mantel. Die Frau war gut gekleidet und wirkte sehr elegant. Sie sah irgendwie so aus, wie man sich eine vornehme Dame vorstellt.

Am Ende der Rolltreppe bog sie nach rechts ab und in dem Augenblick, als ich oben an der Rolltreppe ankam, sah ich, wie die Frau schlagartig stehen blieb. Sie bewegte sich plötzlich keinen Schritt mehr vorwärts.

Verwundert schaute ich zu ihr herüber, ging aber weiter, da die Menschen, die nach mir auf der Rolltreppe gestanden hatten, vorwärts drängten.

Was war mit der Frau passiert, fragte ich mich und schaute zurück.

Zwischenzeitlich hatte sie sich eine Zigarette in den Mund gesteckt und schien in ihrer glänzenden Handtasche nach einem Feuerzeug zu suchen.

Alle Menschen, die nach der Rolltreppe in ihre Richtung weitergegangen waren, mussten einen Bogen um die Frau machen. Manche wirkten deswegen ziemlich genervt.

Warum geht sie nicht ein Stück zur Seite, wunderte ich mich.

Ich schaute noch genauer hin und dann sah ich es: Die Frau war mit einem ihrer Absätze in einem Abflussgitter steckengeblieben. Jetzt überbrückte sie den unangenehmen Zwischenfall mit dem Ablenkungsmanöver, sich eine Zigarette anzünden zu wollen.

Ich überlegte, wie ich ihr helfen könne.

Aber dann sah ich, dass sie keine Hilfe mehr benötigte. Als die Menschenmenge im Umkreis der Rolltreppe verschwunden war, zog die Frau mit Schwung ein Bein nach oben und befreite ihren Absatz selbst aus dem Abflussgitter.

Respekt, dachte ich mir. So elegant wie die Frau aussah, hätte ich erwartet, dass sie den Schuh zuerst auszieht und ihn dann vorsichtig aus dem Abflussgitter zieht. Oder auf männliche Hilfe wartet.

Aber so kann man sich täuschen. Wenn es darauf ankommt, kann man vielleicht schon mal vergessen, dass man doch eigentlich eine feine Dame ist. Ist ja auch manchmal wirklich viel praktischer so.

Italienisches Fernsehen

Nach einem anstrengenden Tag kamen wir in einem italienischen Hotel an und beschlossen, den Abend auf dem Zimmer zu verbringen, um uns von der Anreise zu erholen.

Wir lagen auf dem Bett und hatten den Fernseher eingeschaltet, in dem soeben eine Unterhaltungsshow begonnen hatte.

Es ging um Menschen, die andere Menschen ihr Leben lang vermisst haben und über die Fernsehsendung den Kontakt wieder aufnehmen wollten.

Als erster Gast betrat eine alte Dame namens Maria die Bühne. Sie suchte nach einem Mann namens Guiseppe, mit dem sie als junge Frau liiert gewesen war.

Sie hatte ihn innigst geliebt, aber irgendwann zog er weg und Maria trauerte sehr lange um die verlorene Liebe.

Nach einer Zeit hatte sie aber dann einen anderen Mann geheiratet und eine Familie mit ihm gegründet.

Ihren Guiseppe aber hatte sie nie vergessen.

Jetzt, wo sie Witwe war, wollte sie ihn unbedingt wiedertreffen und mit ihm vielleicht noch ein paar glückliche Jahre verbringen.

Natürlich hatte der Fernsehsender vorab gründlich recherchiert und es dauerte nicht lange, bis Guiseppe auf der Bildfläche erschien.

Er schien um einiges älter als Maria zu sein. Er ging unsicher an einem Stock und trug eine Brille mit sehr dicken Gläsern.

Maria saß in einer Sitzgruppe auf der Bühne und Tränen liefen ihr über das Gesicht.

Guiseppe ging jetzt langsam auf die Sitzgruppe zu und man sah ihm deutlich an, dass er nicht so wirklich wusste, was er eigentlich in der Fernsehsendung zu suchen hatte.

Die aufmerksame Moderatorin, eine große und schlanke, langhaarige Blondine, sah, dass Guiseppe sehr unsicher war und ging ihm schnurstracks entgegen, um ihm nach vorne zur Sitzgruppe zu helfen. Hier sollte er dann bei einem tränenreichen Wiedersehen seine Maria wieder in die Arme schließen können.

Und Guiseppe war sehr dankbar für diese Hilfe. Erst recht, als die Moderatorin direkt vor ihm stand. Schließlich war er ein Stück kleiner als sie und somit hatte er einen Direkteinblick in ihren tiefen Ausschnitt.

Guiseppe blickte auf und strahlte über das ganze Gesicht. Dann senkte er den Blick wieder und schob sein Gesicht noch näher an den verlockenden Ausschnitt heran. Schließlich konnte er ja nur schlecht sehen.

Die Moderatorin lachte, als sie verstand, worauf Guiseppe sich gerade konzentrierte.

Sie rief Maria zu sich, die sich nun auf den Weg machte, Guiseppe und der Moderatorin entgegenzugehen.

Als sich Maria und Guiseppe gegenüberstanden, fragte Maria ihren Guiseppe, ob er sich an sie erinnern könne. Er dachte nach, so richtig fiel es ihm aber nicht mehr ein.

Maria erklärte Guiseppe, woher sie sich kannten, aber dieser hörte nicht wirklich aufmerksam zu. Stattdessen wanderte sein Blick wieder zu dem Ausschnitt der Moderatorin.

Die Moderatorin lachte und versuchte, Guiseppes Aufmerksam-keit wieder auf Maria zu lenken.

Doch der schaute nur kurz auf und erlag abermals dem verführerischen Einblick.

Plötzlich wurde es etwas hektisch in der Fernsehshow. Schnell wurde klar, dass dieses Zusammentreffen nicht ganz so erfolgreich verlaufen war, wie man erhofft hatte.

Zumindest nicht für Maria.

Sie durfte dann zwar mit ihrem Guiseppe Arm in Arm die Bühne verlassen, aber dessen Blick haftete an der Moderatorin wie Sekundenkleber zwischen den Fingern.

Vielleicht würde Guiseppe niemals verstehen, warum er überhaupt in der Fernsehsendung gewesen war, aber den Ausschnitt der Moderatorin würde er wohl nie wieder vergessen.

Musikanten auf Tour

Die U-Bahn. Mal wieder rappelvoll, weil sie zu spät angekommen ist.

Ich steige trotzdem ein, weil ich nicht sicher bin, ob die nächste Bahn pünktlich sein wird.

Aber es nervt natürlich, wenn man in dem vollen U-Bahn-Wagen steht. Zumindest aber kommt man seinem Ziel etwas näher.

Und dann das nächste Ärgernis. In der nächsten Station steigen zwei Musikanten in die U-Bahn ein.

Mit ihren Instrumenten machen sie sich im U-Bahn-Wagen breit und beginnen sofort, uns mit ihrer Musik zu unterhalten. Ob wir wollen oder nicht.

Eine Frau schaut mich an und verdreht die Augen. Ich schließe mich an. Schließlich will ich nach Hause und nicht ins Konzert.

Davon bekommen die beiden Musiker natürlich nichts mit. Und wenn doch, ignorieren sie es großzügig.

Doch dann verändert sich irgendwas.

Die Musik der beiden ist nicht nur peppig und fröhlich, die beiden können auch noch gut singen.

Nach einer Weile merke ich, dass ich mit einem Fuß den Takt auf dem Boden tippe.

Die Frau mir gegenüber summt leise mit.

Auch mir kommt der Titel bekannt vor, aber ich sträube mich innerlich noch, die Musik gut zu finden.

Doch es nutzt nichts. Die Frau, die eben noch die Augen verdreht hat, lächelt mich nun an. Und ich lächle zurück.

Die Musik steckt uns alle an und an der folgenden Station ist die

Stimmung im U-Bahn-Wagen viel entspannter.

Was für ein Glück, denke ich plötzlich, dass die beiden gleich zwei Stationen mitfahren und Musik machen.

Dann staune ich über mich selbst. Die Musik hat meine Laune um einiges ansteigen lassen und auch meine Mitfahrer sehen nicht mehr ganz so verkniffen drein. Und Geld haben die beiden auch bekommen, obwohl sich einer der beiden durch den vollen U-Bahn-Wagen durchquälen musste.

Kurz überlege ich, ob die Berliner Verkehrsbetriebe Musiker engagiert hat, um missmutige Fahrgäste fröhlich zu stimmen. Diesen Gedanken verwerfe ich aber schnell wieder. Es war einfach nur Glück, zu dieser Zeit in diesem Wagen mit diesen beiden Musikanten zu sein.

Die Musikanten stiegen nach zwei Stationen aus. Aber die gute Stimmung hielt sich noch eine ganze

Weile und ich kam recht entspannt an meiner Station an.

Ich sollte den Verkehrsbetrieben mal schreiben. Vielleicht ist das eine zukunftsweisende Idee, ihre Fahrgäste bei Laune zu halten. Leerer und pünktlicher sind die Bahnen nämlich trotz aller Versprechungen bisher noch nicht geworden.

Tagesgeschehen

Ich schwimme Brust. Also Kopf rein ins Wasser und dann Kopf wieder raus aus dem Wasser. Wieder rein und wieder raus.

Als ich zwei Frauen überhole, tauche ich gerade wieder auf und höre, wie die eine Frau den Tag *Dienstag* erwähnt. Ich überhole die beiden, die mit erhobenem Kopf schwimmen, noch ein paar Mal und höre die eine der beiden Frauen erzählen und erzählen und erzählen. Obwohl ich nur immer wieder kurz auftauche, erkenne ich die Stimme der Erzählerin zwischenzeitlich schon recht gut.

Bei einer der nächsten Bahnen höre ich, wie die Frau *Donnerstag* sagt und sie erzählt und erzählt und erzählt...

Als ich zurückschwimme, erwähnt sie den *Freitag*...

Immerhin, die Woche ist bald durch, denke ich mir.

Bei der nächsten Bahn tauche ich wieder neben den beiden Frauen auf. Sie ist wieder bei *Dienstag* angekommen.

War wohl nicht viel los am Wochenende, denke ich mir und tauche wieder ab.

Auf dem Rückweg ist sie wieder bei *Donnerstag*…

Ich stelle fest, dass ich unter Wasser die Augen verdrehen kann (natürlich mit Schwimmbrille).

Aber dann bin ich zum Glück fertig mit Schwimmen und steige aus dem Wasser heraus.

Die zweite Frau, die weiterhin neben der Erzählerin herschwimmt, tut mir richtig leid. Ich weiß ja nicht, in welchem Monat ihre Begleitung mit dem Erzählen angefangen hat, aber es sieht nicht so aus, als wäre sie bald mit Erzählen fertig. Die beiden ziehen noch immer ihre Bahnen.

Doch dann schießt mir ein Gedanke durch den Kopf, der mich beruhigt.

Wenn die Erzählerin einen ganzen Monat nacherzählt, gehen die beiden wohl nicht so oft zusammen schwimmen. Sprich, ihre Begleiterin muss sich nur einmal im Monat alles anhören, was in den letzten Wochen passiert ist.

Das freut mich. Und vielleicht trägt die Begleitung ja auch Ohrstöpsel. Natürlich nur, damit ihr nicht das Wasser in den Gehörgang hineinschwappt.

Kino

Es ist schon eine ganze Weile her, dass ich über Nacht im Kino gewesen bin. Nachts im Kino? Klingt merkwürdig! Aber in Berlin Kreuzberg gab es ein Kino, in dem man sehr spät noch die Möglichkeit hatte, sich Filme anzusehen. Und nicht nur einen, sondern gleich drei Filme wurden ohne große Pause direkt hintereinander gezeigt. Da die Filmvorführung sehr spät anfing, konnte es locker mal bis früh am Morgen dauern, bis man den Kinosaal verließ.

Aber als junger Mensch macht es einem relativ wenig aus, sich die Nacht im Kino zu vergnügen und am nächsten Morgen wieder zur Arbeit zu erscheinen.

Fast schon unglaublich erscheint es einem, dass man in diesem Kino nicht nur Alkohol oder andere Getränke bekam, sondern man durfte dort sogar während der Filmvorführung rauchen. Das I-Tüpfelchen war jedoch, dass niemand etwas dagegen hatte, wenn auch Haustiere mit in die Vorstellung gebracht wurden.

Es war ein nicht alltägliches Kino im nicht ganz alltäglichen Berliner Stadtbezirk Kreuzberg.

So saß ich also eines sehr späten Abends in besagtem Kino in Kreuzberg und freute mich auf drei hintereinander folgende Filme. Da es sich um Horrorfilme handelte, hatte ich nicht die Befürchtung, trotz später Stunde, vielleicht einzuschlafen.

Einer der drei Filme hieß „Wolfen". Er war sehr spannend und es ging um die Vertreibung von Indianern aus ihrem Lebensraum.

Die Indianer waren in der Lage, sich durch spezielle Riten in Wölfe zu verwandeln, die mit, zugegeben, etwas unkonventionellen Methoden, um ihren Lebensraum kämpften: Sie fielen gnadenlos über Menschen her.

Gebannt starrte ich auf die Leinwand. Der Film ließ mich nicht los und ich war weit weg von jeglicher Form von Müdigkeit.

Auf der Leinwand setzte einer der Wölfe gerade dazu an, einen Menschen anzufallen. Er schlich sich unbemerkt an einen ahnungslosen Mann heran und setzte zum Sprung an. Die Filmszene war sehr spannend und meine Nerven waren angespannt wie Drahtseile.

Dann sprang der Wolf... und ich schrie lauf auf. Aufrecht saß ich in meinem Kinosessel und wusste nicht mehr, was Film und was Realität war. Denn im gleichen Augenblick, als der Wolf auf der Leinwand losgesprungen war, bahnte sich ein großer Schäferhund seinen Weg durch unsere Sitzreihe.

Mein Herz klopfte wie verrückt und auch meine Sitznachbarn waren zusammengefahren oder schrien auf.

Damit hatte keiner von uns gerechnet.

Aufgeregt schauten wir dem Hund hinterher, der sich, harmlos wie ein Lamm, seinen weiteren Weg durch die Sitzreihe bahnte, um zu seinem Herrchen zu kommen.

Durch den Hund war Leben in unsere Reihe gekommen und niemand schaute mehr zum Film. Es wurde geredet und gelacht.

Die Filmszene auf der großen Leinwand hatten wir alle verpasst, aber dieser Live-Effekt war einfach nicht zu toppen. Darin waren sich alle einig.

Liebe Leserin, lieber Leser,

vielen Dank all den Ereignissen, denen ich meine Kurzgeschichten zu verdanken habe.

Und natürlich auch herzlichen Dank an die lieben Menschen, die mich zum Schreiben ermutigen, mich inspirieren, mich unterstützen und weiterbringen. Und an die, die meine Geschichten lesen.

Ich gehe gerne mit offenen Augen und Ohren durch die Welt und hoffe, dass mir noch so manches auffällt, das sich lohnt, niederzuschreiben. Aber ohne euch Leserinnen und Leser würde es meine Kurzgeschichten nicht geben. Vielen Dank für eure Treue!

Ich hoffe, ich konnte alle Leserinnen und Leser mit meinen Kurzgeschichten gut unterhalten. Darüber würde ich mich sehr freuen!

Bisher sind bei BoD erschienen:

Verschmitzte Weihnachten
ISBN 9783746032986
(Zweitauflage des ehemals grünen Buches)

Verschmitzte Weihnachten I
ISBN 9783748109686
(Zweitauflage des ehemals roten Buches)

Verschmitzte Weihnachten III
ISBN 9783746034461
(Zweitauflage des ehemals blauen Buches)

Tierische Weihnachten
ISBN 9783744886932

Kurts Kurzgeschichten
Alltägliche
Kurzgeschichten aus der Großstadt
ISBN 9783746025957

Alle Bücher sind auch als E-Books
erhältlich. ISBN-Nummern hierzu unter:
www.verschmitzte-weihnachten.de

Webseite

www.verschmitzte-weihnachten.de

Mailanschriften

verschmitzte-weihnachten@web.de

kurt-schmitz@kurts-kurzgeschichten.de

Bibliografische Information der Deutschen
Nationalbibliothek: Die Deutsche
Nationalbibliothek verzeichnet diese
Publikation in der Deutschen
Nationalbibliografie; detaillierte
bibliografische Daten sind im Internet über
http://dnb.dnb.de abrufbar.

Herstellung und Verlag:
BoD – Books on Demand, Norderstedt
ISBN: 978-3-7494-1078-1